Cuadernos del Acantilado, 127
EL DIABLO

MARINA TSVIETÁIEVA

EL DIABLO

TRADUCCIÓN DEL RUSO
DE SELMA ANCIRA

BARCELONA 2025 ACANTILADO

TÍTULO ORIGINAL *Чёрт*

Publicado por
ACANTILADO
Quaderns Crema, S. A.

Muntaner, 462 - 08006 Barcelona
Tel. 934 144 906
correo@acantilado.es
www.acantilado.es

© de la traducción, 2025 by Selma Ancira Berny
© de esta edición, 2025 by Quaderns Crema, S. A.

Derechos exclusivos de esta traducción:
Quaderns Crema, S. A.

En la cubierta, monumento funerario de un león
en una tumba griega (*c.* 350 a. C.)

ISBN: 978-84-19958-56-3
DEPÓSITO LEGAL: B. 6051-2025

AIGUADEVIDRE *Gráfica*
QUADERNS CREMA *Composición*
ROMANYÀ-VALLS *Impresión y encuadernación*

PRIMERA EDICIÓN *abril de 2025*

El diablo hizo amistad con el niño.

El diablo vivía en la habitación de mi hermana Valeria – arriba, justo donde terminaba la escalera –, roja, de raso de seda de damasco, con una eterna y marcadamente oblicua columna de sol, donde incesante y casi imperceptible giraba el polvo.

Comenzaba con que me llamaban para que fuera: «Ven, Musia, alguien te está esperando», o: «¡Rápido, rápido, Músienka! Te está esperando una (alargando la palabra) sorpre-e-sa». Un misterio puramente formal, puesto que yo sabía perfectamente bien quién era ese «alguien» y qué era esa sorpresa, y quienes me llamaban sabían que yo – sabía. Eran – o bien Avgusta Ivánovna, o la nana de Asia, Alexandra Mújina, o en ocasiones alguna invitada, pero siempre – una mujer, y nunca – mi madre, y nunca – la propia Valeria.

Y así, medio empujada, medio – por la habitación – atraída, haciéndome del rogar frente a la puerta, como los aldeanos frente al agasajo, medio animada y medio alelada – entraba.

El diablo estaba sentado sobre la cama de Valeria – desnudo, en una piel gris, como la de un dogo, con unos ojos blancuzco-azulados como los de un dogo o un barón del Báltico, con los brazos extendidos a lo largo de las rodillas como una mujer de Riazán en una fotografía o un faraón en el Louvre, en esa misma postura de inevitable paciencia e indiferencia. El diablo estaba apaciblemente sentado, como si lo fotografiaran. No tenía pelaje, tenía lo contrario al pelaje: absoluta tersura y hasta suavidad, como la superficie del acero. Ahora me doy cuenta de que el cuerpo de mi diablo era idealmente-atlético: como el de una leona, y por la textura – como el de un dogo. Cuando veinte años después, durante la Revolución, dejaron a un dogo a mi cuidado, de inmediato reconocí a mi *Gríseo*.

No recuerdo los cuernos, quizá fueran pequeños, aunque más bien eran orejas. Lo que sí tenía era – rabo, leonino, grande, desnudo, fuerte y vivaz, como una serpiente graciosamente enroscada varias veces alrededor de las estatuarias e inmóviles piernas – de tal manera que, después de la última vuelta, asomaba una borla. Pies (plantas) no tenía, pero tampoco tenía pezuñas: unas piernas humanas e incluso atléticas se sostenían sobre zarpas, de nuevo leonino-dogunas, con enormes uñas, también grises, color gris cuerno. Al caminar – hacía ruido con las uñas contra el suelo. Pero jamás caminó en mi presencia. Su principal signo distintivo no eran las zarpas, ni la cola – no sus atributos, sino – los ojos: incoloros, indiferentes, inexorables. Antes que nada hubiera pasado, lo reconocía por los ojos, y a esos ojos los habría reconocido – aun sin que nada hubiera pasado.

No había acción. Él permanecía sentado, yo – de pie. Y yo – lo amaba.

Los veranos, cuando nos trasladábamos a la *dacha*, el diablo iba con nosotros, o más bien, ya se encontraba allá – en el perfecto estado de un arbusto trasplantado con raíces y frutos – sentado sobre la cama de Valeria, en su habitación de Tarusa, una habitación estrecha, cuyo canalón se enlazaba en el jazmín, con el canalón vertical de una enorme estufa de hierro fundido, absurda en el mes de julio. Cuando el diablo estaba sobre la cama de Valeria parecía que en la habitación hubiese una segunda estufa, y cuando no – la estufa de hierro del rincón parecía ser él. Tenían en común el manto con el reflejo gris-azulado del verano sobre el hierro, el hielo categórico de una estufa – en verano, la estatura que rozaba el techo y – la total inmovilidad. La estufa estaba tan apacible que parecía que la estuvieran fotografiando. Ella lo reemplazaba con todo su gélido cuerpo y yo, con ese placer especial del reconocimiento secreto, me pegaba a ella con mi nuca de cabello recién cortado, y ardía por el calor del verano, mientras en voz alta leía a Valeria *Las almas muertas*, que mi madre me había prohibido leer y Valeria, por lo tanto, me lo había permitido – me lo había puesto en las manos. *Las almas muertas*, en el que nunca llegué – ni a las almas ni a los muertos – ya que siempre en el último instante, cuando estaban a punto de aparecer – las almas y los muertos – como a posta se dejaban oír los pasos de mi madre (que por cierto nunca llegó a entrar, sólo, en el momento oportuno – como si un mecanismo se pusiera en marcha – pasaba por allí) – y yo, sintiéndome desfallecer por un miedo distinto – *real*, deslizaba el inmenso tomo debajo de la cama (¡esa misma!). Y la vez siguiente, cuando encontraba con la vista el lugar preciso del que los pasos de mi madre me habían arrojado, *ellos* ya no estaban ahí, se habían ido, más adelante – a otra parte, precisamente a aquella de la que yo volvería a ser arrojada. Y así, jamás llegué hasta *las almas muertas*, ni entonces, ni después, ya que ningún terror moral (bienestar físico) de los personajes de Gógol coincidió jamás en mí con el simple horror del título: nunca satisfizo en mí la pasión por el miedo, avivada por lo horroroso del título.

… Separada del libro, me pegaba a la estufa, la mejilla roja contra el hierro azulado, la mejilla caliente – contra el metal helado. Pero contra él – sólo cuando adquiría la forma de la estufa, contra él – aquél – jamás. Aunque, quizá – sí, pero porque me llevaba en brazos y a través de un río.

Me baño de noche en el Oká. No me baño, me hallo – sola, en medio del Oká, no negro, gris. Y ni siquiera me hallo, simplemente, de pronto, me hundo. Ya me he hundido. Comencemos de nuevo: me hundo en medio del Oká. Y cuando ya me he hundido del todo y, según parece, he muerto – un despegue (¡que *reconozco* desde el primer momento!) – voy – en brazos, muy alto por encima del Oká, la cabeza rozando el cielo, y me transportan «los ahogados», en realidad – uno solo y, por supuesto, no es un ahogado (¡el ahogado – soy yo!), porque lo amo con locura y no le tengo ningún miedo, y él no es azul, sino gris, y me pego a él con mi cara mojada y mi vestido, abrazándolo del cuello – con el derecho de todo ahogado.

Caminamos juntos por las aguas, es decir, camina – él, yo voy en brazos. Y los otros («los ahogados» – ¿o quién? – sus súbditos) en voz alta y alegre, en algún lugar allá abajo – ¡aúllan! Y, cuando llegamos a la otra orilla – aquella donde está la casa de Polénov[1] y la aldea de Biojovo – él, con un movimiento brusco, me deja en el suelo, y con una risa estruendosa – ¡ni el trueno atruena así! – me dice:

—Algún día tú y yo nos casaremos, ¡que el diablo me lleve!

Ah, cómo me gustaba entonces, en mi infancia, oír: «que el diablo me lleve» – ¡de sus labios! ¡Cómo me abrasaba hasta el fondo de las entrañas esta audacia! Me había transportado sobre las aguas, y como el más ordinario de los aldeanos – o como un estudiante – «¡que el diablo me lleve!» – como si pudiera tener miedo de eso – o desearlo, – como si a él, o a mí en sus brazos – ¡pudiera llevarnos el diablo! Jamás me atribuló la idea de que esto fuera dicho – por condescendencia a mis pocos años, el punto sobre la *i* de su propia *identité*, para que yo no me equivocara, para que supiera que él era – en realidad – él. No, él sencillamente actuaba, representaba el papel de un simple mortal, el de «yo no soy – yo, ni es mío el ca-ba-llo».

Es necesario decir que tras el aturdidor – por venir de sus labios – «que el diablo me lleve», la promesa misma de «algún día tú y yo nos casaremos» de alguna manera quedaba relegada a un segundo plano, pero cuando yo, tras haberme deleitado con dicha exclamación en todas sus resonancias en mí, me *reponía* ligeramente – ¡oh, qué triunfo insoportable! Él, sin que yo se lo pidiera, él mismo… Él se casaría – ¡conmigo! Conmigo completamente empapada, pequeñita…

Y he aquí que en una ocasión, no pudiendo soportar el triunfo solitario y sintiendo de antemano remordimientos pero sin conseguir frenar el torrente:

—¡Mamá! Hoy he soñado con los ahogados… Me llevaban en sus brazos, y me hacían atravesar el río, y él, el ahogado principal, me decía: «Algún día tú y yo nos casaremos ¡que el diablo me lleve!».

—¡Felicidades!—dijo mi madre—. ¡Siempre te lo he dicho! A los niños buenos son los ángeles quienes los trasladan de un lado al otro del abismo, pero a los niños como tú…

Temiendo que pudiera haberlo adivinado y que fuera a mencionarlo y de ese modo a cancelarlo para siempre, yo, atropelladamente:

—Pero éstos eran ahogados, los más auténticos, azules…

Y en su cuerpo hinchado
Negros cangrejos prendidos.[2]

—¿Y tú encuentras que eso es – *mejor*?—con tono irónico dijo mamá—. ¡Qué asco!

Pero con él, además de los repetidos encuentros – o especie de encuentros – que he relatado, tuve uno único – irrepetible. Como de costumbre, me seducían para que fuera a la habitación de Valeria en la casa de Triojprudni,[3] pero no una persona, sino muchas – todo un grupo que cuchichea

y señala con el dedo; ahí están la nana, y Avgusta
Ivánovna, y aquella Maria Vasílievna, la modis-
ta-de-los-baúles que brota cada primavera junto con la hierba, y la otra Maria Vasílievna, con
cara de pescado y extraño apellido Sumbul, e incluso aquella costurera, cuya habitación y persona huelen a aceite de ricino (a algodón barato) – y
todas juntas, a una sola voz:

—Rápido, Músienka, rápido, que alguien te
está esperando...

Como de costumbre, medio respingo, medio
sonrío – desconfío. Finalmente entro. Y – ¡oh,
horror! El vacío. Sobre la cama – nadie. En el
lecho – no está. No hay más que una habitación roja, inundada de sol y de polvo. La habitación está – sola, como yo estoy – sola. Sin él.

Pasmada, voy con los ojos de la cama vacía al
biombo del pájaro de fuego (detrás del cual, se-
guramente, no estará, ya que ¡no se pondría a jugar al escondite!), del biombo a la vitrina con los
libros – tan extraña: donde en vez de libros te
ves a ti misma, e incluso a la pequeña vitrina que
contiene – como dice la nana – «chucherías», de
las «chucherías» al evidentemente vacío diván
rojo de los botones hundidos en la carne malvá-
cea y carmesí del raso, del raso a la blanca estu-

fa de cuadrados azules, coronada con cristal de los Urales y hierbas de la estepa… En ese mismo pasmo camino hacia la ventana, desde donde se ven *esos* árboles: sauces grises alrededor de la iglesia verde, los sauces grises de mi tristeza, cuya localización en Moscú y en la tierra nunca llegué a conocer, ni intenté hacerlo.

Con un sentimiento punzante: ¡me ha en-ga-ña-do! – apoyo la frente en el primer cuadrado inferior de la ventana, abraso mis ojos con las lágrimas contenidas, y cuando por fin los bajo, los ojos, para derramar, por fin, las lágrimas… – en el fondo de algodón de la ventana, entre los dos marcos, en el verdoso cristal, ¡como en alcohol!, un derramamiento de diablitos, minúsculos, grises, saltarines, terriblemente-alegres diablitos de Ramos, con cuernitos-y-patitas, que habían convertido la ventana en una endiablada botella de Ramos.

Sonrío condescendiente, como ante un juguete demasiado infantil, y me quedo el tiempo necesario para no ofender – no a ellos, que saltan sin sentido y no me hacen ningún caso, sino – a aquél, medio consolada, medio infamada, tras comprobar por última vez que la cama está vacía – salgo.

—¿Qué tal? ¿Qué tal?—con mañas y caranto-
ñas preguntan la nana, Avgusta Ivánovna, las dos
Marias Vasílievnas, la costurera Maria Ignátieva
y también las tres monjas[4] ennaftalinadas que,
en determinadas condiciones de tiempo y de lugar, haciéndome terribles cosquillas, me embu-
ten en el baúl rojo de Valeria que está detrás del
tabique.

—Bien. Gracias. Muy bien—yo, con inten-
cionada-lentitud y tensa-naturalidad mientras
paso por entre sus extendidos pero tímidos brazos. (Mientras paso sin mirarlas, veo que Avgusta Ivánovna no se parece demasiado a sí misma,
y que, por alguna razón, de la comisura de los labios a la nana le cuelga la lengua…).

Los diablitos en la ventana y el miedo endia-
blado junto a la puerta, no se repitieron. ¿Qué
fue eso? ¿Una simple sustitución debido a que él
no pudo venir, – o una tentación, una prueba
de madurez y lealtad: lo habría cambiado yo, una
niña de cinco años, a él – el verdadero y único –
por esa multitud de diablillos de Ramos? Es
decir, ¿dándole la espalda a la cama vacía – de
él –, me habría puesto sencillamente – a jugar?

No, ¡el juego había terminado! El diablo de
mi primera infancia, entre muchas otras cosas,

me dejó como herencia cierta sensación ineludible, como el bostezo de un dogo, de que todo lo que es juego es: «¡Abu-u-u-rrido!».

¿Por qué vivía el diablo en la habitación de Valeria? Entonces yo no pensaba en eso (y Valeria no lo supo jamás). Era algo tan natural como que yo viviera en la habitación de los niños, papá en el despacho, la abuela en el retrato, mamá en el taburete del piano, Valeria en el Instituto Catalina II, y el diablo – en la habitación de Valeria. Entonces era un hecho.

Pero ahora – lo sé: el diablo vivía en la habitación de Valeria porque en la habitación de Valeria, transformado en armario para libros, estaba el árbol de la ciencia del bien y del mal, cuyos frutos, *Las niñas* de Lujmánova,[5] *Alrededor del mundo en el «Milano»* de Staniukóvich,[6] *Catacumbas* de Evgueni Tur, *La familia Bor-Ramenski*[7] y años enteros de la revista *El manantial*, devoraba yo con tanta avidez y prisa, con tanta culpa y brío, mirando hacia la puerta, como aquéllos hacia Dios, pero sin traicionar jamás a mi serpiente. («¿Esto te lo dio Liora?»[8] – «No, yo lo tomé»). En la habitación de Valeria el diablo encontró un lugar ya listo: el del crimen – mío, el de la prohibición – de mi madre.

Pero había – algo más. En la habitación de Valeria, antes de cumplir los siete años, a escondidas, a trompicones, con el ojo y la oreja atentos a mamá, leí *Evgueni Onieguin*, *Mazeppa*, *Ondina*, *La dama campesina*, *Los gitanos*[9] – y la primera novela de mi vida – *Anaïs*. En su habitación *estaba* el amor, vivía – el amor, – y no sólo el suyo y por ella, con sus diecisiete años: todos esos álbumes, notas, pachulí, sesiones espiritistas, tintas simpáticas, repetidores, ensayos, ese disfrazarse de marqués y envaselinarse las pestañas – pero alto aquí: desde el pozo profundo de la cómoda, de entre un montón de terciopelos, corales, cabellos peinados, flores de papel, a mí – me miran – unas pildoritas plateadas.

Caramelos – pero terribles, píldoras – pero plateadas, plateados collares comestibles que ella, por alguna razón de modo igualmente misterioso – protegiéndose con la espalda y con la frente apoyada en la cómoda, tragaba, como yo – con la frente apoyada en el armario – las *Perlas de la poesía rusa*.[10] En una ocasión se me ocurrió que las píldoras eran – venenosas y que ella quería morir. De amor, por supuesto. ¿Por qué no le permiten casarse con Borís-Ivánich o con Alsán-Pálch? ¿O con Stratónov? ¿O con Ainálov? ¡Porque quieren casarla con Mijaíl Ivánovich Pokrovski!

—Liora, ¿puedo comerme yo una pildorita?

—No.

—¿Por qué?

—Porque tú no la necesitas.

—Y si me la como – ¿moriré?

—No, pero enfermarás.

Más tarde (para tranquilizar al lector) resultó que las píldoras eran – las más inofensivas, *contre les troubles* y etcétera – las más usuales para jovencitas, pero ninguna normalidad de su uso logró erradicar en mí la extraña imagen de esa jovencita de rostro amarillento que comía a escondidas la dulce plata envenenada que había en la cómoda.

Pero no sólo su sexo de diecisiete años reinaba en esa habitación, sino toda la capacidad de amar de su linaje, del linaje de su bella-madre,[11] que en vida no había agotado el amor y lo había sepultado entre todos estos rasos y muarés, perfumados-para-la-eternidad y no en vano tan ardientemente-carmesíes.

Pero ¿el diablo visitaba a Valeria? Ella no sabía que a mí me visitaba, igual podía yo no saber que a ella – la visitaba. (Una exangüe cara more-

18

na, enormes ojos serpentinos como piedras preciosas engastadas en una corona de las más negras pestañas, una pequeña y oscura boca apretada, una nariz afilada que iba al encuentro de la barbilla – este rostro no tenía ni edad ni nacionalidad. Ni belleza, ni fealdad. Era el rostro – de una bruja). Y a pesar de todo – no. No, porque después del Instituto Catalina II, ingresó en los cursos femeninos de Guérié en la callejuela Merzliakov, y luego en el partido socialdemócrata, y luego fue maestra en el liceo Kozlovski, y luego en un estudio de danza, y así toda la vida no hizo más que ingresar-egresar. Y el rasgo principal de *sus* favoritos es – el aislamiento absoluto, de todo y desde siempre – la exclusión.

No, el diablo no conocía a ninguna Valeria. Pero tampoco conocía a mi madre, tan solitaria. Ni siquiera sabía que yo tenía una madre. Cuando yo estaba con él, yo era – *su* niña, su huerfanita endiablada. A mí llegó como a aquella habitación – a un lugar ya listo. A él simplemente le agradaba la habitación, esa misteriosa habitación roja, – y esa misteriosa niñita roja petrificada de amor en el umbral.

Pero uno de mis encuentros con él, aunque resulte extraño, se dio a través de mi madre, a través de… «¡Carbúnculo rojo!»,[12] exclamó mamá. – «¿Qué significa "Carbúnculo rojo"? A ver, tú, Andriusha». – «No sé» – respondió Andriusha con firmeza. «Bueno, pero ¿te suena a algo?» – «¡No me suena a nada!» –con la misma firmeza respondió de nuevo. – «¿Cómo puede ser que no te suene a nada? Siempre – ¡suena a algo! ¡Y a ti también ha de sonarte! Car-bún-cu-lo. ¿Eh?» – «¿Carbonero?» – propuso con indiferencia Andriusha. Mamá prefirió dejar de insistir. «Bueno, ¿y tú, Ásienka? A ver, escucha con atención: car-bún-cu-lo. ¿Será posible que no te imagines nada?» – «¡Mei-ma-gin-no!» – con ligera dificultad, pero con inmenso aplomo soltó de golpe su consentida. «¿Qué imaginas?» – con avidez apasionada se lanzó mi madre. «Pero no sé – qué» – con la misma rapidez y aplomo – Asia. «Ah, no, Ásienka, en realidad debes ser aún muy pequeña para esta lectura. A mí esto me lo leía el abuelo cuando ya tenía yo siete años, y tú tienes sólo cinco» – «¡Mamá, yo ya tengo siete!» – finalmente no pude contenerme más. «Y bien, ¿qué imaginas?». Pero no siguió – nada, porque yo de nuevo me había amilanado. «Y bien, en tu opinión, ¿qué es un carbúnculo? ¿Un carbúnculo rojo?» – «¿Una como garrafa roja?» – con voz

20

debilitada, desfalleciendo de esperanza pregunté yo (*Karaffe, Funkeln* ['garrafa, destello']). «No, pero más cerca. El carbúnculo es – una piedra preciosa roja, tallada por los lados (car-bún-cu-lo). ¿Habéis entendido?».

Todo iba bien hasta el Verde. Alguien llega a – no se sabe si una taberna o una cueva. «Y ahí está el Verde ya sentado, barajando cartas» – «¿Y quién es el Verde? – preguntó mamá –, ¿alguien que siempre va vestido de verde, que usa ropa de caza?» – «Un cazador» – respondió con indiferencia Andriusha. «¿Qué cazador?» – preguntó mamá con voz sugerente.

> *Fuchs, du hast die Gans gestohlen,*
> *Gib sie wieder her!*
> *Gib sie wieder her!*
> *Sonst wird dich der Jaeger holen*
> *Mit dem Schiessgewehr,*
> *Sonst wird dich der Jaeger holen*
> *Mit dem Schiess-ge-we-ehr!*

['Zorro, tú te robaste el ganso | ¡Devuélvelo sin más! | ¡Devuélvelo sin más! | O vendrá el cazador | con su fusil atronador, | o vendrá el cazador | y sin más, te enviará directo al cielo'].

con plena disposición canturreó Andriusha. «Mmm… – y evitándome aposta, a mí, que estaba por saltar de la silla como la palabra de la boca –. Y tú, Asia, ¿qué dices?» – «Un cazador que roba gansos, zorras y conejos» – rápidamente resumió su consentida, que durante toda su infancia se alimentó de plagios. «Es decir que – *no* lo saben? Entonces, ¿para qué les leo?» – «¡Mamá! – desesperada grité casi sin voz, al ver que cerraba el libro con el más inflexible de sus rostros–. ¡Yo – sé!» – «¿Y bien?» – preguntó mamá ya sin pasión, pero señalando con la mano derecha la página al cerrar el libro. «El Verde es – *der Teufel!*» ['el diablo'] – «¡Ja, ja, ja!» – rio Andriusha enderezándose de golpe y haciéndose de pronto tan largo que no cabía en ningún lado. «¡Ji, ji, ji!» – solícita se derramó de inmediato Asia. «No sé por qué se ríen, tiene razón – los detuvo en seco mamá –. Pero ¿por qué *der Teufel*, y no…? ¡¿Por qué siempre lo sabes todo *tú*, cuando yo leo para – *todos*?».

Debido al Verde y a «barajaba», y en parte también a la sirvienta de mamá Masha Krasnova, a la que todo se le caía de las manos: las bandejas, las vajillas, las jarras – ¡e incluso pescados enteros bañados en salsa!, que era incapaz de sostener nada en sus manos excepto la baraja, yo, a la edad de siete años, por las cartas sentía – pasión. No por el juego – por las cartas, por todas esas figuras sin piernas y con dos cabezas, sin piernas y con solo un brazo, pero la cabeza al revés, y el brazo al revés, al revés – de sí mismas, vueltas contra sí mismas, a los pies de sí mismas y desconocidas para sí mismas altas personalidades sin lugar de residencia, pero con todo un séquito de treses y cuatros de un mismo palo. Por qué usarlas para jugar o, como Asia, jugar con ellas, si ellas mismas jugaban, ellas mismas eran – el juego: de ellas consigo mismas, y de ellas a sí mismas. Era toda una tribu no humana viviente, una tribu de torsos, terriblemente autoritaria y no del todo afable, sin hijos y sin abuelos, que no vivía en ningún lado que no fuera la mesa o tras el escudo de la palma de la mano, pero entonces y en cambio, ¡con qué fuerza! Que en una docena – hay doce huevos, eso me lo enseñaron – los años, pero que en cada palo – hay trece cartas y que trece es – la docena del diablo, de eso no me harían dudar ni aun sumida en el más profundo sueño. ¡Oh, con cuánta rapidez yo, que con tanta lentitud había aprendido las cuatro operaciones aprendí – los cuatro palos! Cómo desde la primera vez yo, que hasta ese momento no me sentía segura de la significación del gerundio y, en general, de la función de la gramática, asimilé el significado de cada una de las cartas: todos aquellos senderos, dineros, chismorreos, noticias, gestiones, tejemanejes matrimoniales y establecimientos estatales – la significación de la carta y la función de las cartas. Pero más que a ningún otro, más que al rey soltero de diamantes, mi prometido al cabo de nueve años, más que al rey de picas, – terrible y misterioso –, el Rey de los Elfos,[13] como yo lo llamaba, más aún que al rojo valet de corazones y al valet de diamantes de los senderos y las noticias (a las damas yo, en general, no las quería, todas tenían unos ojos fríos y malvados, con los que me juzgaban, como las damas que conocía juzgaban – a mi madre), más que a todos los reyes y a todos los valets yo amaba – ¡al as de picas!

El as de picas en el juego de Masha era un golpe, y un golpe – *real*, un golpe asestado por el corazón negro mirando hacia la punta de una alabarda – al corazón. El as de picas era – ¡el Diablo! Y cuando esa misma Masha, tras haber quitado las cartas que a mí – dama de diamantes por no estar casada – me había puesto en el corazón, descubrió la última, la del amor, se asustó: «Ay, ay, ay, Músienka, mal andan tus asuntos, y en el fondo hay – ¡un golpe! Bueno, pero no importa, quizá no sea una muerte – ¿quién podría morir? El abuelo – ya murió y no tenemos a ninguna otra persona de edad – significa que mamá se enfadará o que volverás a tener un pleito con Gustyvana»,[14] – yo, con toda la superioridad del conocimiento, con toda la inquebrantabilidad del misterio: «Eso no es un golpe, – es – un secreto». El golpe fue – un decreto. El golpe que me asestó el decreto. El golpe que me asestaron la alegría y el miedo: del amor. Del mismo modo, al cabo de unos años, en la Nervi genovesa, cuando desde una ventana del Hotel Beau-Rivage vi por casualidad dirigirse a él: aquél en el que estábamos cautivas Asia y yo – al revolucionario «Tigre»[15] – me asusté de alegría – tanto que mi abuela suiza[16] exclamó, espantada: «*Mais, qu'as-tu donc? Tu es toute blanche! Mais, qu'as-tu donc vu?*» ['Pero ¿qué te ocurre? ¡Estás muy pálida! Pero ¿qué has visto?']. Yo, sin despegar los labios: «*Lui*» ['A él'].

Sí, el as era – *Lui*. Él, condensado hasta la negrura y reducido al espesor de la hoja de un cuchillo. Él, preparado para apretar, como el tigre

– para saltar. Más tarde también esto fue mucho, más tarde el golpe desde el corazón, en el que reposaba, se convirtió – en el corazón. De mi interior – salía, empujándome – a todo.

Pero tenía, además del as de picas, otro Él en los naipes, y en esta ocasión no venía de la rusa Masha, sino de la estonia Avgusta Ivánovna, directamente de su patria baronesca, y ya no era adivinación, sino un juego, ese juego infantil que todos conocían con el nombre un tanto familiar de *Der schwarze Peter* ['El negro Peter'].

El juego consistía en quitarle a otro de las manos el valet de picas: el *Schwarze Peter*, así como antiguamente al vecino se le quitaba – la fiebre, y aun hoy – el catarro: *transmitirlo*: en dándolo, deshacerse de él. Al principio, cuando las cartas y los jugadores eran muchos, en realidad no había juego, todo se reducía a la manipulación circular de un abanico de cartas – y de Peter; pero cuando en la progresión gradual del destino y el acaso, la mesa se libraba de los jugadores y los jugadores del Negro Peter, y quedaban – dos, – ¡oh!, entonces era cuando verdaderamente comenzaba el juego, porque entonces todo dependía del rostro, del grado de inmutabilidad del mismo. Ante todo, la disciplina respiratoria: soportar sin sobresaltarse cada decisión – y cambio de decisión – de la mano de tu compañero de juego que tira, se arrepiente, de nuevo se equivoca, y de nuevo cambia de idea. La tarea de quien roba era – *no* tomarlo, de quien reparte – darlo. De quien roba – intuirlo, de quien reparte – evadirlo, hacer que la intuición correcta del otro falle, infundirle a través de la mentira – lo opuesto: que el negro es – rojo, y el rojo – negro: tener el *Schwarze Peter* con la inocencia con que se tendría el seis de diamantes.

Oh, qué juego maravilloso, mágico, incorpóreo: del alma – con el alma, de la mano – con la mano, del rostro – con el rostro, de todo – menos de la carta con la carta. Y, por supuesto, en este juego yo, educada desde mi primera infancia para tragar los carbones candentes del secreto, en este juego yo era – un maestro.

No diré nada que no haya sucedido, ya que la finalidad y el valor de estas notas reside en su identidad con lo que fue, en la identidad de aquella niña extraña, lo reconozco, pero que *fue* – consigo misma. Sería fácil decir y para mí sería natural creer que yo jamás intentaba pasarle a mi vecino mi Negro Peter, sino que, por el contrario – lo defendía. ¡No! En este juego yo me revelé como verdadera hija suya, es decir, la pasión del juego, es decir – del secreto, se reveló en mí más fuerte que la pasión del amor. Éste era, una vez más, mi secreto con él, y tal vez nunca me sintió tan suya como cuando yo hábil y brillantemente – lo daba – me libraba, ocultaba de nuevo el secreto que mantenía – con él, y tal vez, lo más importante – de nuevo salía adelante – aun sin él. Para decirlo todo: el juego al *Schwarze Peter* era lo mismo que un encuentro – en público – con alguien a quien amas secreta y apasionadamente: cuanto más frío – más ardiente, cuanto más distante – más cercano, cuanto más ajeno – más propio, cuanto más insufrible – más apacible. Y es que cuando Asia, y Andriusha, y Masha, y Avgusta Ivánovna – para quienes esto entraba en el juego – aullaban y me señalaban, cuando como diablos gesticulaban y daban vueltas a mi alrededor gritando: «*Schwarze Peter! Schwarze Peter!*» – yo ni siquiera podía desquitarme: ni siquiera con una sonrisa, de toda esa alegría secreta que me inundaba. La emoción contenida de la alegría se lanzaba a las manos. Yo peleaba. Pero en cambio – desde la cima de qué convicción, con qué euforia desbordante, al terminar la pelea, les soltaba yo a sus caras jocosas: «Yo soy – el *Schwarze Peter*, en cambio ustedes son – u-nos-ton-tos».

Pero igualmente difícil, o más difícil aún que no tener el rostro resplandeciente por el *Schwarze Peter*, era no tenerlo ensombrecido cuando en la mano, en vez del probable él – de pronto – un seis de diamantes, el par para la carta que me quedaba, y que me eliminaba del juego, dejando de Negro Peter – a otro. Y danzar alrededor de una Schwarze-peterina Avgusta Ivánovna con gritos criminales, burlones, traidores: «*Schwarze Peter! Schwarze Peter!*» – era, quizá, un acto de mayor heroísmo (o placer) que permanecer como una columna, primero petrificada, y peleando después en medio de los endiablecidos «vencedores».

¿Habré hablado de este juego de forma demasiado incorpórea? ¡Pero qué podía contar! No había acción, todo el juego era interior. Sólo había los gestos de las manos, el gesto de la carta que se daba, importante sólo como par: porque podía ser dada. Sin triunfos, sin puestas, sin bazas, sin reyes, damas, valets (que carecían de valor propio), *sin cartas*, con un mazo que consistía

29

en una sola carta: *¡él!* – del que había que deshacerse. Un juego que no quería tomar, sino dar. En este juego, por su incorporeidad y su horror, en realidad había algo infernal, avernal. Manos que huían del *enemigo.* Así, en el infierno, riendo y sacudiéndose, se pasan unos a otros un carbón incandescente.

El sentido de este juego es – profundo. Todas las cartas están – por pares, sólo él está solo-solo, ya que su pareja fue eliminada – antes de comenzar el juego. Cada una de las cartas debe hallar su pareja e irse con ella, sencillamente – abandonar la escena, como una beldad o una aventurera cuando se casa – abandona la mesa de las todavía posibles variantes, las posibilidades proliferantes de los destinos individuales y, quizá, históricos – para entrar en esa silenciosa, innecesaria e inofensiva pila de pares de cartas jugadas – que ya a nadie interesan. Concediéndole – toda la mesa, enfrentándolo – a su unicidad.

Un aspecto más de mi relación íntima con Peter era el juego «¡Diablo-diablo, juega y luego entrega!», un juego – sólo por la palabra «juega», para él – un juego, pero no para quien pedía el objeto extraviado: las gafas – de papá, la sortija – de mamá, el cortaplumas – mío, que él se había llevado – para jugar. «¡Sólo el diablo pudo habérselo llevado!». Músienka, ata un pañuelito a la pata de la silla y repite tres veces, así – sin pasión, con ternura: «Diablo-diablo, juega y luego entrega, diablo-diablo, juega y luego entrega...».

Los extremos del pañuelo así anudado parecían dos cuernos, la pequeña solicitante deambulaba como sonámbula por la sala enorme, evidentemente vacía, no buscando nada y confiando en todo, repitiendo: «Diablo-diablo, juega y luego entrega... Diablo-diablo...». Y él – lo entregaba como si nada: en la mesita de debajo del espejo, donde hacía un momento y tantas veces, desesperanzadas y obvias, no había habido nada, o cuando por casualidad metías la mano en el bolsillo – ¡ahí estaba! Por no decir que a papá le devolvía lo perdido directamente a la nariz, y a mamá – al dedo, y precisamente al correcto.

Pero ¿por qué el diablo no lo devolvía cuando se perdía en la calle? ¡Porque no había una pata donde atar el pañuelo! ¡No íbamos a atarlo al poste del farol! Los otros lo ataban en cualquier lugar (y, ¡oh, horror!, una vez Asia, por las prisas – ¡a la patita de cabra del bidet!), pero yo tenía mi lugar secreto, mi sillón secreto... mas no hablemos del sillón, ya que todos los objetos de nuestra casa de Triojprudni – ¡nos llevan muy lejos!

A partir de que la parisina Alfonsine Dijon se instaló en casa, «Diablo-diablo, juega» se alargó con todo un amable retoño católico: «*Saint-Antoine de Padoue, trouvez-moi ce que j'ai perdu*» ['San Antonio de Padua, encuéntrame lo que he perdido'], que en el contexto daba algo no muy bueno, ya que después del tercer diablo, sin coma y aun sin tragar saliva, como si estuviese soldado: *Saint-Antoine de Padoue...* Y *mis* cosas las encontraba por supuesto el Diablo, y no Antonio. (La nana, con suspicacia: «¿An-to-on? ¿San-to-o? ¡Para eso es fran*c*isa, para mezclar a un santo en una cosa como ésta!»). Y desde entonces no pronuncio tu nombre, Antonio de Padua, sin que de inmediato surjan ante mis ojos: los extremos del pañuelo diabólico, y en las orejas – mi propio arrullo, tan tranquilizante, tan tranquilizador – ¡como si ya hubiera encontrado todo lo que aún había de perder!: «Diablo-diablo, juega y luego entrega, diablo-diablo...».

Una sola cosa jamás me devolvió el Diablo – a mí misma.

Pero ni los enredos de Valeria. Ni el «carbúnculo» de mamá. Ni el juego de cartas de Masha. Ni el juego del Báltico. Todo esto no era sino – un servicio de comunicaciones. Con el Diablo yo tenía mi hilo propio directo, innato, una comunicación directa. Uno de los primeros horrores secretos y secretos horrorosos de mi infancia (mi primera infancia) era: «¡Dios – Diablo!». Dios – con el tácito, aterrador e invariable complemento – Diablo. Y aquí Valeria ya no tenía nada que ver – aunque ¿quién podía tener algo que ver? ¿Y en qué – libros, y en qué – cartas estaba la respuesta? Era – yo, en mí, el regalo que alguien me hizo – en la cuna. «Dios – Diablo, Dios – Diablo. Dios – Diablo», y así una infinidad de veces, sudando frío por el sacrilegio y sin poder detenerme, mientras no se detuviera la lengua del pensamiento. «Haz, Señor, que no rece: Dios – Diablo», – y como si de una cadena se desprendiera, se disparaba: «¡Dios – Diablo! ¡Dios – Diablo! ¡Dios – Diablo!» – y, a la inversa, como el sexto ejercicio de Hanon: «¡Diablo – Dios! ¡Diablo – Dios! ¡Diablo – Dios!» – a lo largo del gélido teclado de mi propia columna vertebral y de mi miedo.

Entre Dios y Diablo no había ni la más pequeña ranura – para introducir la voluntad, ni la más mínima distancia para introducir, como un dedo, la conciencia y conjurar así este terrible empalme. Dios, del cual surgía el Diablo, el Diablo, que se hundía en la palabra *Dios*, haciendo que *dio* casi se fundiera con *dia*-. (¡Oh, si entonces se me hubiese ocurrido y en vez del sacrílego «Dios – Diablo» hubiera dicho «Dogo – Diablo», cuántos tormentos inútiles me habrían sido dispensados!). ¡Oh, castigo y tormento divino, tinieblas egipcias!

Pero – quizá – todo sea más simple, quizá se trate de la pasión, innata en el poeta, por las asociaciones-oposiciones – y de la formación espiritual, ese mismo juego al que tanto me gustaba jugar en mi infancia: no compre ni blanco ni negro, no diga ni sí ni no, sólo al revés: sólo el sí era no, lo negro – lo blanco, yo – todos, Dios – el Diablo.

Cuando yo, a los once años, en Lausana, durante mi primera y única verdadera confesión, le hablé sobre esto al sacerdote católico – invisible entonces, y no visto tampoco después – él, o más bien, quien estaba detrás de la reja negra, esos ojos negros desde detrás de esa reja negra, me dijeron:

—*Mais, petite Slave, c'est une des plus banales*

tentations du Démon! ['Pero, pequeña eslava, es una de las tentaciones más banales del demonio'] – olvidando que para él, maduro y experimentado era – *banal*, pero – ¿y para mí?

Pero antes de esta primera confesión – en una iglesia ajena, en un país ajeno, en una lengua ajena – hubo una primera confesión ortodoxa, como debe ser, a los siete años, en la iglesia de la Universidad de Moscú, con un sacerdote conocido de papá, un «profesor de la Academia».

«Y este rublo se lo das al padre después de la confesión...». En mi vida había tenido un rublo en la mano, ni mío ni ajeno, y si con un miserable kopek de cobre en la tienda de Bujtéiev te daban dos caramelos, ¿cuántos te darían por un rublo de plata? Y no sólo caramelos, libritos, como *La nana Aksiutka*[17] o *El pequeño tambor* (2 kopeks). Y a todo esto, a los caramelos y a las Aksiutkas, debo renunciar por el disgusto de los pecados, por ocultar los pecados, ya que – ¿acaso puedo contarle al respetable a-ca-dé-mi-co, conocido de papá y por lo tanto de antemano bien dispuesto hacía mí, que digo «Dios – Diablo»? ¿Y que acudo a mis citas con un dogo desnudo en la habitación de Valeria? ¿Y que, alguna vez, con este dogo desnudo – el ahogado principal – me casaré? – y así, ¿¡por el peligro mortal que me espera, quizá incluso – la muerte («una niña ocultó un pecado durante la confesión y al día siguiente, cuando fue a comulgar, cayó muerta...»), debo renunciar – a todo al mismo tiempo, y ponerlo en la mano del «a-ca-dé-mi-co»!?

El rublo frío, nuevo, redondo, gordo – como un cero, lleno, con su borde afilado se incrustaba como con dientes en mi mano, cerrada en un puño para mayor seguridad, y durante toda mi confesión me mantuve firme en mi decisión – ¡no se lo daré! Y se lo di sólo en el último instante, cuando ya me iba, sin alborozo alguno y con un gran esfuerzo, y no porque no dárselo fuese – malo, sino por terror: ¿y si de pronto el padre se pusiera a perseguirme por toda la iglesia? Ni qué decir que a mí, ocupada con el rublo, no se me ocurrió siquiera informar al padre sobre mis asuntos negros, grises. El padre preguntaba, yo respondía: pero cómo podía él adivinar que precisamente debía preguntar *esto*: «¿No dices, por ejemplo, Dios – Diablo?».

Eso no me lo preguntó, me preguntó – otra cosa. Su primera pregunta, la primera pregunta de mi confesión, fue: «¿Diableas?». Sin haber comprendido y fuertemente herida en mi amor propio de niña de reconocida inteligencia yo, no sin arrogancia: «Sí, siempre». – «Ay-ay-ay, ¡qué vergüenza!—dijo el padre, moviendo la cabeza en señal de condolencia—. Y encima siendo hija de tan buenos padres, temerosos de Dios. Eso sólo lo hacen los chiquillos en la calle».

Ligeramente preocupada por el pecado desconocido que me había echado encima, y en parte por curiosidad: ¿qué es lo que *siempre* hacía? – yo, unos días más tarde, a mamá: «Mamá, ¿qué significa diablear?». – «¿Qué significa – qué?» – preguntó mamá. «Diablear». – «No sé —se quedó pensativa mamá—quizá – nombrar al diablo. Pero bueno, ¿de dónde has sacado eso?». – «Es lo que hacen los chiquillos en la calle».

La segunda pregunta del padre, que me sorprendió aún más, aunque de otra manera, fue: «¿Te besas con los niños?». – «Sí. No demasiado». – «¿Con cuáles?». – «Con Volodia Tsvietáiev y con Boria el de Andréiev» – «¿Y mamá te lo permite?». – «Con Volodia – sí, y con Boria – no, porque él va a la escuela de Komissárov y allí suele haber escarlatina». – «Pues no hay que besarse si mamá no lo permite. ¿Y quién es ese Tsvietáiev, Volodia?». – «Es el hijo de mi tío Mitia.[18] Pero con él me beso muy de vez en cuando. Sólo una vez. Porque vive en Varsovia».

(¡Oh, Volodia Tsvietáiev, con su camisita roja de seda! Con una cabeza tan grande como la mía, pero que a él no le echaban en cara. Volodia, que durante toda su estancia de tres días no dejó de patinar del recibidor al espejo – ¡como si jamás hubiese visto el parquet! Volodia, que en vez de «Catedral» decía «Caporal de la Dormición» – ¡y *a mí* me corregía! Volodia, que le anunció a su madre que lo adoraba que, cuando yo fuera a visitarlo a Varsovia, viviría en su habitación, y dormiría en su camita. – Pero ¿qué tiene que ver el diablo con todo esto? Ah, todo eso es – el diablo: un ardor secreto).[19]

No habiendo traicionado *al mío* y habiendo ocultado lo más importante, yo, naturalmente, al día siguiente sin contento – y no sin retraimiento – me acerqué a comulgar, ya que la frase de mamá y la visión correspondiente: «Una niña ocultó un pecado durante la confesión» y demás, seguían en mis ojos y mis oídos. En el fondo yo, por supuesto, no creía en una muerte así, porque las personas mueren de diabetes, apendicitis, y también, una vez, en Tarusa, un campesino – por un rayo, y cuando de la papilla de trigo sarraceno – ¡aunque sea *un* granito! – en vez de irse por *este lado* de la garganta se va por el otro, y cuando pisan una víbora... – de *eso* sí mueren, y no...

Por eso, no me sorprendí de no haberme caído y, una vez bebido el vino de la comunión, regresé sana y salva hasta donde estaban los míos – y después todos me felicitaron – y a mi madre la felicitaron «por la comulgante». Si hubieran sabido, y si mi madre hubiera sabido – *qué* comulgante. Alegría por las felicitaciones, y por el vestido blanco, y por los panecillos de la pastelería Bartels – al no ser merecedora de nada de esto – no sentí. Pero tampoco sentí arrepentimiento. Sentí – soledad con mi secreto. La misma soledad con el mismo secreto. La misma soledad que durante las interminables misas en el gélido templo del Cristo Salvador, cuando yo, echando la cabeza hacia atrás para mirar en la cúpula al terrible Dios, clara y doblemente me sentía y me veía – separándome del suelo brillante, volando – remando – como nadan los perros – por encima de las cabezas de los devotos, e incluso – rozándolos con los pies, con las manos – y más lejos, y más alto – ¡ahora recta! – ¡como nadan los peces!, – y ahora con una faldita de flores rosadas, de bailarina bajo la cúpula misma – revoloteo.

«¡Un milagro! ¡Un milagro!» – grita el pueblo. Yo sonrío – como aquellas damas en *La bella durmiente* – con absoluta conciencia de que soy superior e inalcanzable – ¡ni el guarda Ignátiev podría alcanzarme!, ¡ni el bedel universitario podría detenerme! – la única – de todos, la única – por encima de todos, junto a ese terrible Dios, con mi faldita floreada color de rosa – revoloteo.

¿Qué, también debí haberle contado esto al «académico»?

Hay una cosa: suele estar ausente, pero cuando está presente, aunque parezca secundaria, es más fuerte que todo lo primario: que el miedo, la pasión y aun la muerte: *el tacto*. Asustar al cura con el diablo, hacerlo reír con el dogo y aturdirlo con la bailarina habría sido in-decente. Es indecente para el cura, todo lo que es insolente. Durante la confesión yo debo ser *como todos*.

La otra mitad del tacto es – la compasión. No sé por qué, pero pese a lo aterradores, los sacerdotes siempre me parecieron un poco – niños. Igual que los abuelos. ¿Cómo contar a los niños (o al abuelo) – porquerías? ¿U horrores?

Además, ¿cómo podía hablar de *él*, decir que él era *él*, cuando para mí *él* era *ello* y también era *tú*? Referirme a él como al *diablo*, cuando para mí él era *Gríseo*: *tú*, un nombre hasta tal punto secreto que yo, aun estando sola, no lo pronunciaba en voz alta, sólo en la cama o en la loma, en voz muy baja: «¡Gríseo!». El sonido de la palabra *Gríseo* era el susurro mismo de mi amor por él. Como *no*-susurro esa palabra no existía. El caso vocativo del amor, que no tiene más declinaciones.

Si yo ahora escribo de ti *él*, es porque escribo *de ti*, y no ¡a ti! Ahí radica toda la mentira del relato amoroso. El amor es invariablemente una segunda persona que diluye – aun a la primera. *Él* es la objetivación del amado, de aquello que no existe. Ya que jamás amamos ni amaríamos a ningún *él*, sólo *tú*, – ¡*suspiro* exclamativo!

E – iluminación repentina – confesarme de verdad, hasta el fondo del alma – contigo en mí (para que sea claro: con todo «el pecado» de tu presencia en mí) – en *mí* toda – podría – ¡sólo contigo!

… No son las tinieblas – el mal, las tinieblas son – la noche. Las tinieblas son – todo. Las tinieblas son – las tinieblas. Ahí está el asunto, en que no me arrepiento de nada. En que son – ¡*mis* tinieblas *congénitas*!

No, con los sacerdotes (¡como con los académicos!) nunca tuve buenas relaciones. Con los sacerdotes ortodoxos, cubiertos de oro y de plata, fríos como el hielo del crucifijo – *finalmente* llevado a los labios. El primer miedo así lo sentí ante mi propio abuelo, el padre de mi padre, arcipreste de la región de Shuia, el padre Vladímir Tsvietáiev (con cuyo manual de Historia Sagrada, por cierto, estudió Balmont)[20] – un anciano ya muy anciano, con una barba blanca un poco en forma de abanico y que llevaba en las manos, dentro de una cajita, una muñeca de pie – unas manos a las que nunca me acerqué.

«¡Señora! ¡Los prelados han llegado! ¿Ordena que los reciba?».

Y de inmediato – el tintineo de las monedas de plata en la palma de la mano, el vertido de las monedas de una mano a la otra, de la mano al papel: tanto para el cura, tanto para el diácono, tanto para el sacristán, tanto para la mujer que hace los panecillos para la comunión... No debían haberlo hecho – delante de los niños, o, en todo caso, no debíamos nosotros, niños de los tiempos *de plata*, habernos enterado de los treinta *denarios*. El sonido de la plata se confundía con el sonido del incensario, su hielo con el hielo del brocado y la crucifixión, la nube de incienso con la nube del malestar interior, y todo esto se arrastraba con pesantez hacia el techo de la blanca sala de tapicería escarchada, en exclamaciones imperativas pavorosamente – incomprensibles:

—¡Bendícenos, Señor!

—O-o-o…

Todo era – *o*, y la sala – *o*, y el techo – *o*, y el incienso – *o*, y el incensario – *o*. Y cuando se iban los sacerdotes, de ellos no quedaba nada más que el último *o* del incienso en los filodendros.

Esas misas dominicales para mí eran – un aullido. «¡Los prelados han llegado!» me sonaba igual que «los finados han llegado».

—¡Señora, los finados han llegado! – ¿ordena que los reciba?

El ataúd negro en el centro,
y el pope entona desde dentro:
¡reciba tu cuerpo el sepulcro![21]

Ese mismo ataúd negro, para mí, en mi infancia, estaba detrás de cada sacerdote, callado, desde detrás de la espalda de brocado, miraba y amenazaba. Donde había un sacerdote – había un ataúd. Si hay sacerdote – hay ataúd.

Y aún ahora, treinta y tantos años después, detrás de cada prelado que oficia, inevitablemente veo a un finado: detrás del erguido – al yaciente. Pero sólo – detrás de los ortodoxos. Todo servicio religioso ortodoxo, con excepción de uno solo – el de Pascua, que *clama* por la resurrección y desde lo alto de los cielos abiertos sacude los restos mortales, todo oficio ortodoxo es para mí – una misa de difuntos.

No importa qué haga el sacerdote, siempre me parece que se inclina sobre *él*, que es a *él a quien* inciensa, que con todas sus fuerzas lo convence e incluso – lo conjura: «Yace, yace, que yo te cantaré». O: «Bueno, yace, yace, no pasa nada...». Lo conjura.

Los sacerdotes en mi infancia siempre me parecieron hechiceros. Andan y cantan. Andan e inciensan. Andan y encantan. En ronda. Ahúman. *Ellos*, con tantos y tan suntuosos atavíos, me parecían dianches, y no aquél, modesta-y-grisáceamente-desnudo, incluso pobre, si no fuera

45

por su porte, en el borde de la cama de Valeria.

Por los sacerdotes – el monte plateado de la espalda del sacerdote – que es monte sólo para *disimular* – también Dios me parecía terrible: un sacerdote, pero más terrible aún por el monte plateado: Ararat. Y los tres arados del trabalenguas infantil: «En el monte Ararat tres arados araban…» – por supuesto, araban de miedo, por haberse quedado a solas con Dios.

Dios era para mí – el miedo.

A lo largo de toda mi primera infancia, en la iglesia no sentí nada, nada que no fuera el más muerto aburrimiento, frío como el hielo y blanco como la nieve. Nada salvo un melancólico deseo: ¿cuándo terminará? y la conciencia desesperanzada: nunca. Esto era peor que los conciertos sinfónicos en la Sala Grande del Conservatorio.

Dios era – ajeno, el Diablo – congénito. Dios era – el hielo, el Diablo – el ardor. Y ninguno de los dos era bueno. Y ninguno – malo. Pero a uno yo lo amaba, y al otro – no: a uno lo conocía, y al otro – no. El uno me amaba y me conocía, y el otro – no. A uno me lo *imponían* – arrastrándome a la iglesia, obligándome a permanecer de pie durante el servicio, con los candelabros frente a los iconos, con los Aarones y los faraones[22] que por el sueño se duplicaban: se separaban y de nuevo se juntaban ante mis ojos – con toda la incomprensibilidad de la lengua eslava. A uno – *me obligaban*, y el otro llegaba – solo, y nadie sabía.

Pero a los ángeles – los amaba: a uno, azulado, sobre aquel papel ardientemente-dorado, de plano – caliente, de plano – crepitante por el fuego reprimido. Ardiente también por mis constantes lágrimas, que tantas veces brotaban de mis ojos y tan pocas se calmaban, que hervían y se evaporaban en solitario sobre el carmín ardiente de mis mejillas. Y también amaba a otro, uno de fresa, también alemán, de una ilustración en color para la poesía alemana «Der Engel und der Grobian» ['El ángel y el zafio']. (Recuerdo las palabras «*im roten Erdbeerguss*» – en el rojo torrente de fresa…).

Un niño recogía fresas en el claro de un bosque. De pronto ve – frente a él hay otro niño, pero más grande, todo vestido de blanco y con largos rizos, como una niña, y sobre los rizos – un círculo dorado. «¡Hola, niño, dame fresas!». – «¡Qué cosas se te ocurren! – dice el primero, todavía a gatas y sin quitarse la gorra siquiera («*rückt auch sein Käpplein nicht*») –. Recógelas tú mismo, aunque mejor lárgate – ¡este prado es mío!». Y de nuevo – de narices a las fresas. Y de pronto – un ruido. El bosque no hace esos ruidos. Levanta los ojos: y el niño ya está por encima del claro… «¡Bello ángel!—grita el malcriado quitándose la gorra—. ¡Vuelve! ¡Vuelve! ¡Toma todas mis fresas!». Pero – es tarde. El extremo de su vestido blanco está ya sobre los abedules, más arriba todavía – ni el abedul más alto podría alcanzarlo con su brazo, ni con el más largo de sus brazos… El glotón, cayendo de cara sobre las malhadadas fresas – llora, y yo – también glotona de fresas y malcriada – lloro con él.

He visto muchos campos de fresas desde entonces, pero en ninguno dejé de ver detrás del inevitable abedul ese extremo del vestido que se aleja sin remedio. Y no pocas veces, desde entonces, he comido – fresas, pero jamás he podido llevarme una a la boca sin un encogimiento del corazón. Aun la palabra *Grobian* es para mí desde entonces una palabra angelical. Y ni Adán ni Eva con la manzana, ni siquiera con la serpiente, determinaron en mí el sentido del bien como el niño – con el otro niño, el más pequeño con el más grande, el malcriado – con el bueno, el de las fresas – con el de las nubes. Y si yo después, durante toda la vida, he tomado a tantos *Grobianes* – en prados y grabados – por ángeles, demonios, moradores del cielo, es, quizá, por ese miedo que me abrasó una vez y para siempre: de no tomar lo celestial por terrenal.

En las tardes, primero interminablemente-rojas, luego interminablemente-negras, – ¡tan tarde – rojas!, ¡tan pronto – negras!, – mi madre y Valeria, en verano – en el Oká, en otoño – en el camino grande que primero era el de abedules y luego *el grande*, cantaban – a dos voces. Estas dos naturalezas antagónicas se encontraban sólo en el canto, no se encontraban ellas, se encontraban – sus voces: el suave contralto de mamá, avergonzado de su amplitud, con el soprano de Valeria, que superaba sus propias posibilidades.

> *Kein Feuer, keine Kohle*
> *Kann Brennan so heiss,*
> *Als wie heimliche Liebe*
> *Von der niemand was weiss…*

['No hay fuego ni hay carbón | que arda con tanta pasión, | como un amor secreto | no cantado ni en soneto'].

Con estas palabras: *Feuer – Kohle – heiss – heimlich –* (fuego – carbón – ardiente – secreto) – en mí se encendió, de verdad, un fuego en el pecho, como si no escuchara esas palabras, sino que las tragara, como si por mi garganta descendieran – carbones candentes.

> *Keine Rose, keine Nelke*
> *Kann blühen so schön,*
> *Als wenn zwei verliebte Seelen*
> *Zu einander thun stehn.*

['No hay rosa ni hay clavel | tan hermoso en el vergel | como dos almas prendadas | que viven enamoradas'].

Aquí el embrujo vino por: *verliebte – Seelen!* Bueno, podría haber sido – *Herzen*. Y todo habría sido como para todos. Pero no, lo que se aprende en la primera infancia, se aprende para toda la vida: *verliebte –* significa *Seelen*. Y *Seelen* es *See* (el Báltico «*die See*» – ¡'el mar'!) y también – *sehen* ('ver'), y también – *sich sehnen* ('languidecer, añorar'), y también – *Sehnen* ('venas'). Desde las venas languidecer por cierto mar, que jamás has visto – eso es el alma y eso es el amor. ¡Y ningún *Rosen* ni *Nelken* pueden ayudar!

Pero cuando la canción llegaba a:

Setze Du mir einem Spiegel
Ins Herze hinein…

['Para que tú puedas ver | en mi corazón…'].

yo sentía físicamente cómo penetraba en mi pecho el verde espejo veneciano de Valeria coronado por pequeños dientes de cristal – la entrada progresiva de cada dientecillo: *setze* ['pon'] – *Herze* – y, en el medio el óvalo sin fondo del espejo, que me inundaba y me ocupaba de hombro a hombro: *Spiegel* ['espejo'].

¿A quién tenía mamá en *su* espejo? ¿A quién – Valeria? (Un verano, el de mis cuatro años, – a una misma persona: aquella para quien a cuatro manos – tocaban y a cuatro manos – bordaban, para quien y de quien a dos voces – cantaban…) ¿*Yo*? – sé a quién.

… Damit Du könnest sehen
Wie so treu ich es mein.

['Para que tú puedas ver | cómo lo creo fiel'].

explicativamente alargaban y repetían dos veces las cantantes. A los cinco años yo no conocía la palabra *meinen* (creer, un verbo), pero *mein* – *mío* – sí la conocía, y quien era *mío* – también lo sabía, y también conocía a Mein – el abuelo Alexandr Danílich.[23] Debido a esta inclusión en el canto, el abuelo se incorporó sin querer al secreto: de pronto comenzó a parecerme que el abuelo – *también*.

Con la partida de Avgusta Ivánovna (ella había traído la canción a casa) cuando cumplí siete años, es decir – al término de mi primera infancia, terminó también el Diablo. Terminó visualmente, terminó – en la cama de Valeria. Pero jamás pude, hasta el día mismo en que dejé la casa de Triojprudni – para casarme, jamás pude entrar en la habitación de Valeria sin echar una rápida y oblicua mirada, como aquel rayo, a la cama: ¿estaría ahí?

(La casa hace mucho tiempo que fue demolida, de la cama no quedan ni las patas, ¡y él sigue ahí sentado!).

Pero he aquí otro encuentro que, digamos, se sale de la primera infancia: ¡le costaba separarse de una niña así!

Yo tenía entonces nueve años, tenía pulmonía, y era domingo de Ramos.

«¿Qué quieres que te traiga, Musia, de la fiesta de Ramos?» – mi madre ya vestida para salir, enmarcada asimétricamente – por el nuevo capote del colegio que alargaba todavía más a Andriusha y – mi abrigo del año anterior, hasta el suelo, que acortaba todavía más – a Asia. «¡Un diablo en una botella!» – dije de pronto, con la misma vehemencia con que el diablo habría salido de la botella. «¿Un diablo?—se sorprendió mi madre—¿y no un libro? Allí también los venden, hay muchos puestos. Por diez kopeks se pueden comprar hasta cinco libritos sobre la defensa de Sebastopol, por ejemplo, o sobre Pedro el Grande. Piénsalo». – «No, de todos modos... un diablo...» – dije en voz muy baja y muy ronca, con dificultad y vergüenza. – «Bueno, si quieres un diablo, pues un diablo». – «¡Yo también quiero un diablo!» – se apresuró mi eterna imitadora Asia. – «¡No, para ti ni diablos!» – repliqué en voz baja y amenazadora. «¡Ma-má! ¡Dice que *no* tendré ni diablos!». – «Pero, por supuesto que – *no...*—dijo mamá—. En primer lugar, Musia – lo dijo antes, en segundo, ¿para qué comprar dos veces una misma cosa, y encima una tontería así? De todos modos se reventará». – «¡Pero yo no quiero un libro sobre Pedro el Grande!—chillaba Asia—. ¡También se romperá!». – «¡Para mí tampoco un libro, mamá, por favor!—se preocupó Andriusha—ya tengo uno sobre Pedro el Grande, y sobre todo lo demás...». – «Libro no, mamá, ¿sí?» – se pegaba como garrapata Asia. – «Bueno, está bien, está bien, de acuerdo: libro *no*. Para Musia – libro no, para Asia – libro no, para Andriusha – libro no. ¡Sois el colmo!». – «Y entonces, mamá, ¿qué me comprarás? ¿Qué me comprarás entonces, mamá?» – machacaba Asia como pájaro carpintero sin dejarme oír la respuesta. Pero ya no me interesaba qué le comprarían a ella, *yo* tendría – *aquello*.

«Toma, Musia, aquí está tu diablito. Pero antes vamos a cambiar la compresa». Encompresada hasta la falta de aliento – aunque el aliento siempre alcanza para el amor – estoy acostada con él en el pecho. Él, por supuesto, es minúsculo, y más bien chusco, y no es gris, sino negro, y no se parece en absoluto a *aquél*, pero de cualquier modo – su nombre – ¿acaso no es el mismo? (en las cuestiones del amor, esto lo he comprobado más tarde, lo que importa son *conocimiento* y *designamiento*).

Con la mano a treinta-y-nueve-grados aprieto la base redonda de la botella, y ¡salta!, ¡salta!

—Sólo que no lo acuestes contigo. Te dormirás y lo aplastarás. En cuanto sientas que te estás quedando dormida – ponlo al lado, en la silla.

«¡En cuanto sientas que te estás quedando dormida!» – fácil de decir cuando durante todo el día lo único que siento es que – me estoy quedando dormida, sencillamente – el día entero duermo, duermo, con muchos y agitados sueños, y fuertes y alegres gritos: «¡Mamá! ¡El rey se emborrachó!» – ese mismo rey que estaba encima de mi cama – «El que tiene una corona oscura y una barba espesa» – y el mío además tenía una copa en la mano – al que yo llamaba Rey de los Elfos, y que en realidad, después lo adiviné, era *der König im Thule – «gar treu bis an sein Grab – dem sterbend seine Buhle einen goldnen Becher gab»* [«Hubo en Thule cierto rey | fiel al amor hasta el fin, | al que una copa de oro | diola su amada al morir»].[24] Y este rey con la copa – *siempre* en la mano, *nunca* en la boca, este rey que jamás bebe – de pronto – ¡se emborrachó!

—¡Qué delirios tan extraños tienes!—decía mamá—. ¡El rey – se emborrachó! ¿Acaso así deliran las niñas de nueve años? ¿Acaso los reyes – se emborrachan? ¿Y quién, vamos a ver, se ha emborrachado delante de ti? ¿Y qué significa – «se emborrachó»? ¡Ésas son las consecuencias de leer a escondidas los folletines de *Le Courrier*[25] a propósito de todo tipo de banquetes y veladas!—olvidando que ella misma había pintado a este augusto briago en un lienzo y lo había colocado en mi primer campo de visión y cognición matutinas.

Un día que me encontró con el mismo diablo en el puño ya más fresco, mi madre me dijo: «¿Por qué nunca me preguntas por qué el diablo – salta? ¿No te parece interesante?». – «Sí-í-í» – poco convencida dije alargando. «Es que es *muy* interesante—insinuó mamá—, ¡aprietas la parte de debajo del tubito y, de pronto – ¡salta! ¿Por qué salta?». – «No sé». – «Ahí está, lo ves, en ti – hace tiempo que lo observo – no hay ni pizca de curiosidad, te da absolutamente igual por qué el sol – sale, la luna – mengua, el diablo, por ejemplo – salta... ¿Eh?» – «Sí» – respondí quedo. – «¿O sea que tú misma reconoces que te da igual? Pues no debería darte igual. El sol sale porque la tierra ha dado la vuelta, la luna mengua porque – y etcétera, y el diablo en el frasco salta porque en el frasco hay – alcohol». – «¡Oh, mamá!—de pronto aullé con fuerza y ale-

gría—. Dia-blo – al-cohol. ¿No riman, mamá?».
– «No—del todo afligida dijo mamá—, diablo
rima con establo, y alcohol… espera, a ver… espera un momento, con alcohol, parece que no
hay…». – «¿Y con botella?—pregunté yo con la
más viva curiosidad—. Grosella, ¿no? Más,
¿puedo? Porque tengo *más:* la doncella Clarabella…». – «Clarabella – no se puede—dijo
mamá—, Clarabella es un nombre propio y encima es chusco… Pero ¿has comprendido por qué
salta el diablo? En la botella hay – alcohol, y al
calor de la mano, se dilata». – «Sí—asentí apre-
suradamente—y… calentar y dilatar, ¿también riman?». – «También—respondió mamá—. Y ahora dime, ¿por qué salta el diablo?». – «Porque se
dilata». – «¿Qué?» – «Digo, al revés – se calienta». – «¿Quién, quién se calienta?». – «El diablo». – Y al ver que el rostro de mi madre se en-
sombrecía: «Digo, al revés – el alcohol».

Por la noche, cuando mi madre vino a despe-
dirse, yo, con triunfo reprimido:

—¡Mamá! Sí hay una palabra que rima con alcohol, sólo que en alemán, ¿no importa?

Droben bringt man sie zum Grabe,
Die sich freuten in dem Thal.

57

Hirtenknabe, Hirtenknabe,
Dir auch singt man dort einmal.

['Ya los llevan a enterrar | y en el campo antes jugaban. | Pastorcillo, pastorcillo | un día a ti te cantarán'].

«¡Cristo – ha resucitado y el diablo se ha reventado! – victoriosamente dijo la nana de Asia, Alexandra Mújina, de pie junto a mi cama la mañana de Pascua. – ¡Dame, dame las astillas!». – «¡No es verdad!—gritaba yo, apretando en mi puño los preciados restos y golpeando fuertemente con los pies el arco en tensión de la manta—. No se reventó porque Cristo haya resucitado, sino porque yo me acosté encima... Lo asfixié sin querer mientras dormía, como en el juicio de Salomón». – «¿Quiere decir que Dios te ha castigado por dormir con ese impuro?». – «Tú serás la impura!—gritaba yo, ayudándome con las piernas – que por fin había logrado sacar de la manta—. ¡A ti te va a castigar Dios por alegrarte de las penas ajenas!». – «¡Vaya penas!—refunfuñó con desprecio la nana—. ¡El diablo se reventó! Cuando tu tío Fedia[26] murió, apuesto a que ni siquiera lloraste, y ahora por un miserable diablo, ¡qué Dios nos perdone!». – «¡Mientes, mientes, mientes!—gritaba yo, ya

58

de pie y, como él, saltando—. ¿¡Acaso no ves que no estoy llorando!? ¡Eres tú quien se pondrá a llorar cuando te lance… (y, al no encontrar nada alrededor, salvo el termómetro)… cuando te haga pedazos con mis propias manos, maldita diabla!».

«¿Qué?—preguntó mamá, que en ese momento entraba—. ¿Qué pasa aquí? ¿A qué se debe este espectáculo?». – «No pasa nada, señora—con hipócrita mansedumbre dijo la nana—, es que Músienka en Domingo de Resurrección blasfema mencionando al diablo, sí-í-í…». – «¡Mamá! ¡Se reventó el diablo y ella dice que es Dios!». – «¿Qué?». – «Que es Dios quien me ha castigado porque yo quería más al diablo que al tío Fedia» – «¡Qué tonterías!—inesperadamente lo cambió todo mamá—. ¿Acaso se puede comparar? Nana, vete a la cocina. Pero blasfemar con el diablo el primer día de Pascua, y en general… Pero si hoy – ¡ha resucitado Cristo!». – «Sí, y ella dijo que por eso él se reventó» – «¡Tonterías!—cortó secamente mamá—. Una simple coincidencia. Se reventó porque algún día tenía que reventarse. Y tú también la has hecho buena – ponerte a discutir con una mujer ignorante. Y eso que ya estás en la pre-primaria… Pero lo principal – es que podías haberte hecho daño. ¿Dónde está?». En silencio, para no echarme a llorar, abro la mano. «Pero si allí no hay nada—mamá, mirando atentamente—. ¿Dónde está?». Yo, ahogándome por el llanto: «No sé. No pude encontrarlo. Se fue. ¡Saltó *para siempre*!».

Sí, mi diablo se reventó, sin dejar tras él ni vidrio, ni alcohol.

—Ves—decía mamá, sentándose sobre mis silenciosas lágrimas—, nunca hay que apegarse a un objeto que se puede romper. Y los objetos – ¡todos se rompen! ¿Recuerdas el mandamiento: «No te hagas un falso ídolo»?

—Mamá—dije yo, zarandeándome para deshacerme de las lágrimas, como un perro del agua—. ¿Con qué rima *ídolo*? ¿Con *diábolo*?

Querido dogo gris de mi infancia – ¡Gríseo! Tú no me hiciste ningún mal. Si tú, según las Sagradas Escrituras, eres «el padre de la mentira», a mí me enseñaste – la verdad de la esencia y la rectitud de la espalda. Esa línea recta de la inflexibilidad que vive en mi columna vertebral – es la línea viva de tu porte de dogo–mujer-del-pueblo–faraón.

Tú enriqueciste mi infancia con todo el secreto, con toda la prueba de la fidelidad y, más aún, con todo ese mundo, ya que sin ti yo no habría *sabido* – que existe.

A ti debo mi soberbia inaudita, que me ha llevado por encima de la vida, más alto aún de lo que tú me llevaste sobre el río: *le divin orgueil* – con su *hacer* y su *decir.*

A ti, además de tantas cosas, debo también el arrojo con que me acerco a los perros (¡sí, sí, a los más sanguinarios dogos!) y a la gente, ya que después de ti – ¿de qué perros o personas podría tener miedo?

A ti debo (así comienza Marco Aurelio su libro) mi primera conciencia de pertenecer a los grandes y a los elegidos, ya que a las otras niñas de nuestra casa *tú* – no las visitabas.

A ti debo mi primer crimen: un secreto en mi primera confesión, después de lo cual – todo había sido transgredido.

Eras tú quien destrozaba cada uno de mis amores felices, corroyéndolo con la valoración y rematándolo con el orgullo, ya que tú me decidiste poeta, y no mujer amada.

Eras tú quien, cuando yo jugaba con los adultos a las cartas y alguien, inesperada pero invariablemente, se apoderaba de mi ganancia, hacía que a mis ojos volvieran las lágrimas, y a mi garganta – las palabras: «La puesta era – mía».

Eras tú quien me protegía de toda participación en la comunidad – aun de la colaboración periodística – al haberme puesto, como el guardián malvado a David Copperfield, un cartel en la espalda: «¡Cuidado! ¡Muerde!».

¿Y acaso no fuiste tú, con mi amor precoz por ti, quien me inculcó el amor por todos los vencidos, por todas las *causes perdues* – las últimas monarquías, los últimos cocheros, los últimos poetas líricos?

Tú – elevándote con toda tu inflexibilidad, sobre la ciudad derrotada – eras el último en subir a los restos del último navío.

Dios no puede pensar mal de ti – ¡alguna vez tú fuiste su ángel predilecto! Y quienes te ven como una mosca, el Rey de las moscas, miríadas de moscas – son moscas, que *no* ven más allá de sus narices.

Veo las moscas, y también la nariz: tu larga nariz de dogo, gris, noble, de ante, fruncida con repugnancia y amenaza hacia las moscas – miríadas de moscas.

Te veo como un dogo, querido, es decir, como el *dios* de los perros.

Cuando a los once años, en una pensión católica, intentaba amar a Dios:

Jusqu'à la mort nous Te serons fidèles,
Jusqu'à la mort Tu seras notre Roi,
Sous Ton drapeau, Jésus, Tu nous appelles,
Nous y mourrons en combattant pour Toi…

['Hasta la muerte Te seremos fieles, | hasta la muerte Tú Serás nuestro Rey, | a Tus filas, Jesús, nos llamas, | ahí moriremos luchando por Ti…'].

tú no interferiste. Sólo te retiraste hasta lo más profundo de mí, cediendo amablemente el lugar – a otro. «Bueno, intenta – con dulzura…». Jamás condescendiste a luchar por mí (¡ni por ninguna cosa!) ya que toda tu lucha contra Dios – es un combate por defender la soledad, que es el único poder.

Tú eres – el autor de mi divisa vital y de mi epitafio: NE DAIGNE! ['¡no te dignes!'], – ¿a qué? A nada: *ne daigne* a nada – aunque sólo fuera – a descender hasta los restos que aquí yacen.

Y cuando a mí, por los pecados de mis once años de vida, desde el fondo del negro agujero de unos ojos ajenos y un confesionario ajeno, se me dijo:

Un beau bloc de marbre se trouve enfoncé dans la boue du grand chemin. Un homme vulgaire marche dessus et l'enfonce encore plus profondément. Un noble cœur le dégage, le lave et en fait une statue qui dure éternellement. Soyez le sculpteur de Votre âme, petite Slave... ['Un buen bloque de mármol se halla hundido en el lodo del camino principal. Un hombre común y corriente lo pisa y lo hunde todavía más. Un corazón noble lo retira, lo lava y crea una estatua que dura eternamente. Sea el escultor de su propia alma, pequeña Eslava...'] – ¿de quién eran estas palabras?

A ti debo el círculo encantado de mi soledad, que se mueve siempre conmigo, que nace de debajo de mis pies, me abraza como si fueran brazos, pero se dilata como el aliento, que *todo* lo incluye y *a todos* los excluye.

Y si tú alguna vez bajo la forma de un perro gris y para ser mi nana descendiste hasta mí, una niña pequeña, fue sólo para que esa misma niña después, a lo largo de la vida, pudiera sola: sin nanas ni Vanias.

Terrible dogo de mi infancia – ¡Gríseo! Tú estás solo, no tienes iglesias, a ti no te ofician misas conjuntamente. Con tu nombre no bendicen ni la unión carnal, ni la interesada. Tu imagen no está en las salas de justicia, donde la indiferencia juzga a la pasión, la saciedad – al hambre, la salud – a la enfermedad: siempre la misma indiferencia – frente a todas las variantes de la pasión, siempre la misma saciedad – frente a todas las variantes del hambre, siempre la misma salud – frente a todas las variantes de la enfermedad, siempre el mismo bienestar – frente a todas las variantes del infortunio.

A ti no te besan sobre la cruz del juramento forzado y el falso testimonio. No es tu imagen, bajo la forma de un crucifijo, la que toma el sacerdote – servidor y cómplice del Estado asesino – para tapar la boca de su víctima. Tu nombre no sirve para bendecir ni matamientos ni matanzas. *Tú* en las dependencias del Estado – *no* estás.

Ni en las iglesias, ni en los juzgados, ni en las escuelas, ni en los cuarteles, ni en las prisiones – allí, donde está el derecho – no estás tú, allí, donde está la multitud – no estás tú.

Tampoco estás en las célebres «misas negras», esas reuniones privilegiadas donde la gente comete tonterías – adorarte todos en conjunto, a ti, cuyo primer y último orgullo es – la soledad.

Si se trata de buscarte, hay que hacerlo en las celdas incomunicadas de la Rebelión y en las buhardillas de la Poesía Lírica.

De ti, que eres – el mal, la sociedad *no* ha hecho mal uso.

Vanves, 19 de junio de 1935

NOTAS

[1] Vasili Dmítrievich Polénov (1844-1927), pintor ruso, miembro del grupo de los pintores ambulantes, llamados *peredvízhniki.*

[2] Cita del poema de Alexandr Pushkin *El ahogado.*

[3] La casa moscovita de la familia Tsvietáiev, situada en el n.º 8 del callejón de Triojprudni, que no se ha conservado. Fue el regalo que D. I. Ilovaiski hizo a su hija, Varvara Dmítrievna, cuando se casó con Iván Tsvietáiev. *Triojprudni* significa 'de los tres estanques'.

[4] Las monjas aceptaban pedidos para coser y zurcir ropa.

[5] *Las niñas. Recuerdos de la vida en la escuela* de N. A. Lujmánova (1840-1907).

[6] *Alrededor del mundo en el «Milano»,* novela de K. M. Staniukóvich (1843-1903).

[7] *Catacumbas* y *La familia Bor-Ramenski,* cuentos para jóvenes de Evgueni Tur (1815-1892).

[8] Diminutivo de Valeria.

[9] Todas son obras de Alexandr Pushkin.

[10] Así se llamaba a las antologías de poesía para niños publicadas en Rusia a principios del siglo XX.

[11] Varvara Dmítrievna Ilováiskaia, primera esposa de Iván Tsvietáiev, madre de Valeria y Andréi. Murió de tuberculosis en 1890.

[12] Se trata del cuento en verso de Vasili Zhukovski

(1783-1852), traducción del cuento homónimo del poeta alemán J. P. Hebel (1760-1826).

[13] Por el poema de Goethe.

[14] Pronunciación acelerada de Avgusta Ivánovna.

[15] Se refiere a Vladímir Alexándrovich Kobylianski, emigrante político. Conoció a la familia Tsvietáiev durante el invierno de 1902 en Nervi, Italia. Marina Tsvietáieva lo apodaba «Tigre».

[16] La segunda esposa de Alexandr Mein, abuelo materno de Tsvietáieva, había nacido en Neuchâtel, Suiza.

[17] Se refiere al cuento «El pequeño tambor» de K. V. Lukashévich (1859-1937).

[18] D. V. Tsvietáiev (1852-1920), hermano de Iván Tsvietáiev. Historiador, publicista, pedagogo; su hijo Vladímir (Volodia) se dedicó a la arquitectura.

[19] «Ardor secreto», palabras tomadas del último verso de un poema de Alexandr Blok escrito en 1913.

[20] Konstantín Dmítrievich Balmont (1867-1942), uno de los poetas simbolistas rusos más importantes, amigo de Tsvietáieva, a quien ésta dedicó más de una obra.

[21] Cita inexacta de «Svetlana», famosa balada del poeta ruso Vasili Zhukovski (1783-1852).

[22] Alusión a un pasaje del libro del Éxodo en el Antiguo Testamento.

[23] Se trata de A. D. Mein (1836-1899), abuelo materno de Tsvietáieva. Era funcionario en la cancillería del gobernador general de Moscú.

[24] Cita de *El rey de Thule* de Goethe, trad. Rafael Cansinos Assens.

[25] Diario moscovita que se publicó entre 1897 y 1904.

[26] F. V. Tsvietáiev (1849-1901), maestro de escuela.

ESTA EDICIÓN, PRIMERA, DE
«EL DIABLO», DE MARINA TSVIETÁIEVA,
SE TERMINÓ DE IMPRIMIR
EN CAPELLADES EN EL
MES DE ABRIL
DEL AÑO
2025

*Otras obras de la autora
publicadas en esta editorial*

Colección Cuadernos del Acantilado